노을 쪽에서 온 사람

권상진

시인의 말

돌이켜 보니

가장 진절머리 나는 것도

눈물 나게 그리운 것도

결국엔 사람이었다

2023년 4월

가짜시인

노을 쪽에서 온 사람

차례

1부 나는 은유된다

2부 죽음을 빙 둘러선 사람들

3부 방파제 위에 떨어진 별 몇 개

4부 밑장 없는 계절

해설

1부

나는 은유된다

고수

입에서 칼 한 자루 스윽 뽑혀 나왔다
날 끝을 허공에 빙빙 돌리다 나를 겨누더니
희번득한 빛이 우리의 간격을 두 동강 내며
순식간에 목을 향해 들어온다
방금 누군가를 해결하고 온 사람처럼
거친 숨소리가 삐딱한 자세로 칼등에 걸터앉는다
보기 드문 고수였다
입 안에 숫돌을 물고
날마다 자음과 모음을 갈고 있는지
일합만에 토막 나 버린 내 말은 바닥에 나뒹군다
끝내 등을 주지 않는 내게
칼은, 일방적이었지만
전의를 잃은 상대의 숨은 남겨 두는 자비를 지녔다
당신의 칼이 스르륵 칼집에 꽂히는 동안
나는 부러진 말의 조각들을 줍는다
당신에게 닿지 못한 토막 난 마디들을 이어 붙여
문장이 하나씩 완성될 때마다
나는 조목조목 아프다

나무의자

관절에 못이 박힐수록 의자는
점점 바른 자세가 된다

생각이 무거우면
부처도 자세를 고쳐 앉는데

의자라고
다리 한번 꼬고 싶은 순간이 없었겠는가

못은 헐거워진 생각을 관통하고
너머의 삶을 다시 붙잡는다

돌아눕고 싶은 밤이 있었고
돌아서고 싶은 사람이 있었다

나이가 온몸에 박혀 올 때마다
나는 자세를 고치며 다시 살아 볼 궁리를 한다

하늘도 긴 날을 삐걱거렸는지
밤이면 못대가리들로 촘촘하게 빛난다

눈사람

나는 혀로 굴린 눈사람
어느새 동그랗게 부풀려 있었지
말들이 내려 쌓이는 골목에서
뭉치고 굴려진 나는 어느새 뜻밖의 문장

끝말잇기 놀이의 첫 단어는 이제
아무도 기억나지 않아
몇 번의 입담을 거치고 나면 나는
그들만의 정반합

맑은 날에도 눈은 내렸지
어쩌다 내게 닿으면 태도를 바꿔
금세 온순해져 버리는 물방울들
말의 허깨비들

가능한 한 입을 다물기로 했어
예와 아니오만으로 이루어진 대답이
변질을 지나 창조에 닿았다면

그건 대답이 아니라 질문의 문제

골목은 사계절 내내 눈이 내렸지
걸어 들어간 사람들마다
눈사람이 되어 나왔지
더러, 들어가지 않은 사람들조차도

접는다는 것

읽던 책을 쉬어 갈 때
페이지를 반듯하게 접는 버릇이 있다
접힌 자국이 경계같이 선명하다

한때 우리 사이를 접으려 한 적이 있다
사선처럼 짧게 만났다가 이내 멀어질 때
국경을 정하듯 감정의 계면에서 선을 그었다
골이 생긴다는 건 또 이런 것일까

잠시 접어 두라는 말은
접어서 경계를 만드는 게 아니라
서로에게 포개지라는 말인 줄을
읽던 책을 접으면서 알았다

나를 접었어야 옳았다
이미 읽은 너의 줄거리를 다시 들추는 일보다
아직 말하지 못한 내 뒷장을 슬쩍 보여 주는 일
실마리는 언제나 내 몫이었던 거다

접었던 책장을 펴면서 생각해 본다
다시 펼친 기억들이 그때와 다르다
같은 대본을 쥐고서 우리는
어째서 서로 다른 줄거리를 가지게 되었을까

어제는 맞고 오늘은 틀리는* 진실들이
우리의 페이지 속에는 가득하다

* 홍상수 감독의 영화 〈지금은 맞고 그때는 틀리다〉를 변용.

꽃문

꽃잎인 줄 알았다
끝내 속으로만 피고 지던
마음 한 잎 툭하고 여자의 발끝에 흘린 것 같아
처음엔 내가 먼저 붉었다

식탁 옆자리에서, 구멍 난 스타킹 끝을 슬쩍 당겨
엄지와 검지 사이에 밀어 넣던
여자도 꽃같이 잠시 붉었다

당신이 슬며시 열어 놓은 수줍은 쪽문
그 문을 밀고 들어가 발목에 닿고 그 흰 줄기를 다 올라가 꽃에 닿으면
내 마음이 비추던 방향으로 휘어져 오는 꽃대
그 위에 노을 지던 꽃잎, 비밀들

나는 나비처럼 꽃술에 붙었다가 떨어졌다가
당신의 저쪽까지 건너가 눈시울에서 빠져나오면
어느새 당신, 내 곁에 피어 있었다

속내를 들킨 것마냥
서로의 표정이 꽃문처럼 닫힐 때
여자는 아무도 들어올 수 없게
꽃무늬 방석을 발끝에 올려 두었다

숨은그림찾기

나는 은유된다
빛의 뒤편에서 혹은 너의 시선 너머에서

한 번도 속을 털어놓은 적 없는 나는
틈이 없는 사람
빛의 입자들이 던진 수많은 물음표가
내게 부딪혀 반대편 바닥으로 떨어진다
겉은 사실적으로, 속은 무채색으로

바람처럼 에둘러 지나갈 일인데
끝내 나를 넘어뜨려 놓고 가는
저 빛들, 시선들

저 '검은' 속에 '나 같은'은
도대체 어디에 있단 말인지
돌아앉아 속속들이 채색하고 싶은 날

프리즘처럼, 나를 관통한 시선이

주초남빨보노파

무지갯빛 그림자로 그려질 수는 없는 것일까

실패한 숨은그림찾기처럼

검은 나를

그냥 지나쳐 가는 저 사람들

술값은 내가 냈으니

일주일에 여섯 번 그는 술을 마시고
나는 몇 줄의 시를 적는다
글은 안주로 줘도 안 먹는다던 그는
신기하게도 술만 마시면 시를 뱉는다
은유에 가두지 않는 아름다운 직설
가공되지 않은 날것의 기분들
야생의 늪에서 건져 올린 싱싱한 언어들을
선술집 구석자리에서 웃음과 눈물로 변주시킨다

내가 시 속에 가둔 문자들이
종일 켜 놓은 모니터에 매미 허물처럼 붙어 있거나
눈만 껌벅이며 뒷말을 더듬거릴 동안
빈병 너머로 흩어지던 그의 입담들
나는 길바닥에서 운 좋게 만난 동전처럼
두리번거리며 그의 말을 꾹 밟는다
몰래 주워 묻은 흙을 털어내고
말더듬이 문장 뒤에 슬쩍 끼워 넣는다
술값은 내가 냈으니 표절은 아니다

뉘엿한 말

의자를 옮겨 앉던 작은 별 소년처럼
석양을 좇아 차를 달리네

해는 기울고, 산등 같은 내가
먹먹하게 어두워지고 있네

어느 날 네가 내 귀에 걸어 놓고 간
뉘엿한 말을 생각하네

먼 말이었네
오래 내 귀를 물들이던 해 질 녘 같은 말이었네

누구나 슬픔에 잠기면
해 지는 모습을 좋아하게 되는 거라며*

빈 의자를 들고 저녁을 되짚어 오던 소년처럼
나는 저문 사랑에 머뭇거리다 까만 어둠이 되네

* 생텍쥐페리의 『어린 왕자』에서 빌려 옴.

김수영을 읽는 저녁

그날 저녁 나는
살아 있는 상처*들과 실랑이를 하고
쓰러지듯 방바닥에 엎드려 누웠다
세상과 등을 져 보겠다는 것은 아니었지만
빌어먹을, 세상이 나를 돌려세웠다

책꽂이 한 편에서 네루다와 체 게바라를 지나치고
김수영을 뽑아 드는 저녁
세상에서 가장 비겁한 이 자세에 대해 생각한다
고개를 들면 풀과 꽃잎과 폭포가 있던 자리*에
던져진 양말과 먼지와 머리카락이
내 앞에 전부인 방

엎드린 채 김수영을 소리 내어 읽는다
주문 걸리듯 다시 혁명을 꿈꾸며 스크럼을 짜는
머리카락 먼지 던져진 양말
이를테면 나 아닌 것들
열 번도 넘게 김수영을 읽고 한 번도

그것들과 연대하지 못하는 나

지지 않는 법을 배우기 위해
장검처럼 김수영을 뽑아 들었지만
비어 가는 쌀독, 그 빌어먹을 먹이 때문에
끝없이 김수영을 오독하는 밤

끝내 돌아눕지 않는 나를 기다리던
네루다와 체 게바라가
지루한 표정으로 서로에 기대어
졸고 있다

* 살아 있는 상처, 풀, 꽃잎, 폭포는 김수영 시의 제목.

풍등

사막의 모래 알갱이는 별들의 스트랜딩이라고 일행 중 누군가 말했을 때 사구 저편에서 후두둑 소리가 들렸다 심장에 불을 켜고, 지느러미가 돋은 한 무리 고래가 하늘에서 지워지는 일이었다

간결한 일기를 쓰고 싶은 날은 가망 없는 문장들에 두 줄을 그었다 부력을 지닌 단어들은 너무 가벼워서 마침표를 찍기도 전에 날아 가버릴 것 같았다

네 개의 보기 중에서 두 개를 버리는 것은 쉬운 일 할 수 있는 일은 일기장에, 하고 싶은 일은 풍등에 옮겨 적었다

이루어지지 않아도 된다 소망이란 원래 한 번도 이루어지지 않은 것들의 애칭이니까 책상 앞에 붙어 있는 포스트잇처럼 풍등을 하늘에 붙여 보고 싶었다

사막을 꿈의 해변이라 여기는 사람들에게, 멸종 위기

의 꿈들이 기적처럼 모여 사는 이곳을 나는 꿈의 서식지라 말해 주겠다

사막이 주름을 접었다 펼 때마다 실패한 꿈들이 바람의 결을 따라 일렁거린다 헤어진 애인이 문득 생각을 스쳐 갔고 풍등에게 돌아올 좌표를 일러 주지 않은 것은 잘한 일이었다

다시 풍등이 오른다 빛들이 번져 어두울 틈 없는 하늘을 수도 없이 오르고 점멸하며 사라지는 동안 사막은 후두둑 소리로 요란하겠지 누가 큰 소원을 빌었는지 별들 사이로 커다란 풍등 하나 달처럼 걸려 있다

완행

합천에서 해인사 가는 길은
완행을 타야 한다

사람 하나 만나려면 몇 겁의 시간을 달려
인연 있는 어느 정류장에 닿아야 하는데

십 리를 백 원에 데려다주는 차비는 선불
쓸쓸함은 후불로 내고 타는 거였더라

앞차가 묻고 간 동네 안부를 번번이 다시 물으려
버스가 정류장마다 속도를 줄이면

품었던 욕망들 하차를 하는지
길옆 잔풀들이 소란스럽다

경판을 읽고 나온 바람을 따라
대적광전 비로자나불 앞에 서니

완행 타고 오는 길 잘 살폈으면
절 구경은 필요 없다며 돌아가라 한다

세상에 다시 가거든
안의 길 밖의 길 두루 살피라며

반안반개
반쯤 눈 감는 법을 조용히 일러 준다

검은 사람

검은 사람과 눈이 마주친 적이 있다

저녁이 청소차처럼 도시의 골목을 돌며

빌딩과 공원의 그늘을 수거하는 시간

구겨진 기억들을 모두 꺼내 던져 놓은 바닥에는

나보다 더 슬픈 자세로 네가 거기 있었다

어느 전생에 발을 묻고 여기까지 와

낱낱이 나를 베껴야 하는 형벌을 사는 것일까

가거라 검은이여 슬픔은 나 혼자서도 벅찬 일

내가 잠시 돌아앉은 오후를 틈타

저녁의 짐칸에 몸을 실어라

너를 혼자 남겨 두고 일어나 손을 털 때

눈치 없이 손뼉을 치며 따라오는 검은 속내

그 뒤로 폴폴 흙먼지가 날리고 있다

도형들

네모와 만나는 날은 네 번 아프고
세모와 만나는 날은 세 번 아픕니다

마음은 매일
다각형의 화인들로 검붉습니다

오늘은 쓸쓸하니까
둥그스름한 누군가와 만나고 싶은데

양 볼 가득 뾰족한 언어들을 삐죽이며
당신이 걸어오네요

꼭짓점에서 시작된 말이
모서리를 타고 내게 닿으면

예각 혹은 둔각의 통점들이
우리의 대화를 모자이크합니다

아, 입이 없는 것들*의 그리운 침묵

도형들 가득한 세상은 빈틈마저 각입니다
몸을 숙이고 말을 움츠려 보지만

그럼에도, 지금, 당신,
참 별[星]스럽네요

* 이성복 시인의 시 「아, 입이 없는 것들」에서 빌려 옴.

실직

생각들 모두 등 뒤로 밀치고
모로 눕는 밤

어떤 생각은 온순하고,
몇몇은 기어이 등을 타고 넘어와
감은 눈꺼풀에 대고 쉴 새 없이 조잘댄다

돌아누우면
등 뒤에 있던 눈치 없는 것들이
또 알은체를 하며 말을 붙여 온다

도무지 잠들 수 없는 밤
어떤 기억은, 혹은 오지 않은 일들은
왜 어둠보다 더 선명하게 깊어 가는 것일까

일어나 무릎을 안았다가 커튼을 젖혔다가
걱정들 틈에 다시 몸을 끼우고
눈을 감는다

멀찍이서 나를 힐끔거리던 한 놈이
등 뒤로 슬금슬금 기어와 귀에 입술을 댄다

안 자는 거 다 알아

흠이라는 집

상처라는 말보다는
흠집이란 말이 더 아늑하다

마음에, 누가 허락도 없이
집 한 채 지어 놓고 간 날은
종일 그 집 툇마루에 걸터앉아
홀로 아득해진다

몇 날 며칠
부수고 허물어낸 빈터에

몇 번이고 나는,
나를 고쳐 짓는다

2부

죽음을 빙 둘러선 사람들

꽃지랄

안개 한 무더기를 움켰다가
향이 심심해 장미 몇 송이 심었습니다
소고기나 한 근 끊는다는 것이
뒷짐 진 손 뒤로 안개만 자욱합니다
정육점 옆 새로 생긴 꽃집 탓입니다
골목이, 대문이, 모르는 사람들이
나만 쳐다봅니다
평생 져 본 등짐 중에
꽃짐이 제일 민망합니다
미역국이 끓고 있는 싱크대 위에
안개 한 근을 툭 던져 놓습니다
등 뒤에 사람을 두고
주방 벽에다 한소리 날립니다
꽃지랄 떨고 있네
말은 저래도 웃고 있는 겁니다
도마 소리 들어 보면 다 압니다

당신이 먼 집에 있어

남해 지나 하동 가는 길
바다가 연신 차창을 기웃거리고
느닷없이 길 위로 뛰어드는 파도 소리에
놀란 브레이크 등이 해국처럼 꽃잎을 펼쳤다 접는다

남해 바다와 노을이라는 간판을 걸었지만
그것들 다 안으로 들일 수 없었는지
건어물 몇 가지만 엉성하게 펼쳐 놓은 상점
주인은 오솔길 끝자락에 바다 한 귀퉁이를 묶어 절벽 아래에 던져 놓았고
파도가 일렁일 때마다 굽은 길이 느슨해지거나 다시 팽팽해졌다

저녁의 해변에서 노을을 면사포처럼 쓰고
나에게로 밀려오던 당신이 먼 집에 있어
까치밥처럼 남은 몇 장 지폐로 바다와 노을을 셈하고 돌아설 때
주인은 겹겹이 밀려온 파도의 낱장으로 곱게 싼 멸치

를 덤으로 내밀었다

창을 열어 노을을 바른 저녁과 파도 소리를 한짐 신는다
바퀴가 덜컹일 때마다 거울에 비친 뒤가 붉게 출렁거려서
더딘 길이 자꾸만 굽어진다

늦은 밤 멸치를 우려내 국수를 삶는 아내에게
품었던 바다와 노을을 넌지시 내민다
여자는 잠시 붉어지더니 저만치 돌아서서 펼쳐 읽는다
좀체 꺼내 놓지 않던 어떤 말이 밀려갔을까
여자, 돌아선 채 돌섬처럼 꿈쩍하지 않는다

배웅

진료 소견서를 받아 들고 가는
4번국도는 어느 행성으로 가는 긴 활주로 같았다

불쑥 이정표들이 나타나
손짓을 하더니 금세 길의 뒤편이 된다

집과 동네와 사람들이 멀어져 간 사이드 미러에
저녁이 배웅처럼 따라붙는다

길가 쉼터에 차를 세우자
코스모스 화단에 걸터앉던 엄마
온통 붉은 서쪽을 바라본다

노을 쪽에서 온 사람처럼
노을 쪽으로 가는 이처럼

노을처럼

사위어 가는 당신 가슴에 얼굴을 묻는다
그러쥔 옷섶에서 구름의 멍울들이 잡히고
눈 뜨면 그 속에 가득한 별들

하늘 하나를 통째로 품고 사는 사람이 있었다

몸속 먹구름이 어느 기억을 지나고 있는지
내 눈동자 속으로 뚝뚝 떨어지던 별

입술로 미끄러져 내린 당신 별은
밤새도록 짜다

보름달이 뜨는 식탁

야근 마치고, 회사 담벼락에 엎드려 잠든
자동차를 깨워 집을 묻는다
달도 없는데, 오늘은 유난히 길이 환하다

방마다 아이들 잠을 돌려보내고
소파에 기댄 채 잠든 맞벌이 아내가
밝혀 놓은 식탁 위 환한 보름달 하나
문틈을 새어 나와 골목 어귀에서
늦은 밤길을 비추었구나

퇴근길, 길 건너 편의점에서
보름달 하나 품어와 당신 머리맡에 얹어 놓고
미안한 잠에 들었구나
뜬 눈만큼 불편한 저 자세가
늦도록 나를 기다리고 있었구나

곤한 잠을 반만 깨워 침대에 눕히고
나는 아이 방문을 한 번 열었다 닫는다

외투를 입은 채 쌀을 안치고
당신의 알람을 고쳐 놓는다

뒤척이는 소리에 눈뜬 어둠을
토닥여 다시 재우고
아내의 곤한 새벽잠이 되어 준
보름달 한 봉지 들고 먼저 나서는 출근길
선잠을 함께 깬 아침달이 환하다

백색왜성

외래병동 종양내과에는 한 달에 한 번 별 부스러기를 처방해 주는 의사가 있다
환한 별 조각들만 골라 오래 품었다가 온기가 돌면 정문 앞 약국에 맡겨 두는 이

어둑한 CT 사진 속에서 환하게 번져 가는 성운
우주가 점점 어두워져 가네요, 함께 밤하늘을 들여다보던 내게 말한다

약사는 하루 세 번 식후 30분에 굵은 동그라미를 치고 그 위에 별 하나를 그려 넣었다

색깔 고운 별들이 소복하게 모여 있는 봉지를 머리맡에 두면 한 달 내내 별이 돋는 방

끼니때가 되면 밥 한술을 뜬다 입 안으로 별을 털어 넣는다
물 한 모금에 먼 우주로 흘러가는 별들

하늘에는 밤마다 백색왜성이 뜬다
어제보다 어둡고 멀어지는

환승역
—요양병원에서

다 왔어 엄마 여기야. 여기서 잠시 쉬었다 가자. 표는 내가 끊을게. 돈 있어. 엄마가 무슨 돈이 있다고. 오빠와 동생이 조금씩 보탰어. 잠시 쉬어 가기에는 이만한 곳이 없어. 저 봐, 커튼만 젖히면 침대에서도 환승역이 보이잖아. 좀 쉬었다 저기서 갈아타자. 쓰던 짐은 죄다 놔두고 왔어. 잠시 쉬었다 갈 건데 번거롭잖아, 나중에 따로 보내 줄게. 여긴 처음 와 보는데 사람들이 많네. 새로운 친구들도 사귈 수 있을 거야. 늘 혼자 살았잖아. 이젠 외롭지 마 엄마. 안 울어, 누가 운다고 그래. 나 가고 나면 저 가운 입은 사람들이 도와줄 거야. 내일은 오빠가 오기로 했어, 모레는 막내가 올 거고. 알잖아 다 맞벌이라는 거. 아냐 엄마, 난 좀 더 있다 가도 돼. 그이 혼자 밥 잘 챙겨 먹어. 예쁘네 울 엄마. 흙 묻은 몸뻬보다 훨씬 낫네, 이부자리도 깨끗하고. 집이 좋긴 뭐가 좋아, 거긴 떠나간 것들뿐이잖아. 밥 먹어 어서. 계속 그렇게 앉아만 있을 거야? 아직 시간이 제법 남았어. 미안해 엄마. 그럼 우리 집으로 갈래? 사실은 그이가 그러라고 했는데 내가 면목이 없어서. 안 되겠다 가자 엄마 우리 집에. 내가 어떻게

든 해 볼게.

가족이라서 그렇습니다

벌겋게 말이 달아오르면
먼저 심장 소리로 쿵쿵 촉을 다듬고
큰 숨에 푹 담가 식혀냅니다
쓸 만한 무기가 되려면 오래 벼려야 해서
몇 해 혹은 더 오랜 날들을 두드려 날만 세우다가
서로는 시나브로 가족이 됩니다

사정거리 안에서는 쏘지 않습니다
조금만 더 혀를 당기면
걷잡을 수 없는 속도가 되는 화살
쾅, 문이 닫힐 때까지 기다렸다가
안과 밖은 일제히 문을 향해 시위를 당깁니다
밖은 오발인 줄 알면서도 살을 날리고
안은 승패를 떠나 수성을 합니다

무뎌진 촉들이 문의 앞뒤에 수북하게 쌓여
당분간 방문은 어느 쪽으로도 열리지 않습니다
한참이 지나면 안과 밖은 슬그머니 문 앞으로 와

닫힌 방문 손잡이를 한번 스윽 잡았다가
놓고 돌아설 뿐입니다
가족이 악수를 하는 방식입니다

그러는 동안 밥때가 옵니다
밖이 안을 부릅니다 식구라서 그렇습니다
안은 말없이 와서 밥의 뒤에 앉습니다
밥그릇에 수북하게 쌓인 못다 한 말을
숟가락으로 푹푹 떠서 그냥 삼켜냅니다
젓가락들은 서로의 영토를 넘나들면서
흩어진 말들을 하나씩 도로 집어 옵니다

밖이 밥상에 따뜻한 말이라도 흘릴라치면
안은 슬쩍 집어서 자기 밥 위에 얹습니다
가족이라서 그렇습니다

교차로

도시의 기후는 건조합니다 아비를 따라 십수 년, 마른땅에 그를 묻고 어미를 따라 다시 몇 년, 그 사이 아내를 얻고 어린것들은 또 생겨나 풀을 뜯습니다 늙은 어미가 게르에서 풀이 무성한 쪽으로 머리를 누이고 잠들었을 때 다시 짐을 싸는 아내는 이미 완경에 가깝습니다

열세 번의 거처를 옮기며 우리는 이 도시의 모든 골목을 완주했지만 다시 슬픔의 역순으로 떠나야 합니다 슬픔의 입구는 풀밭에 던져진 통발 같아서 빤히 보이는 희망을 다시 만날 수 없습니다 넓은 잎에 키 큰 나무 주변은 포식자들이 살고 변두리 풀밭에서 전세는 전세끼리 월세는 월세끼리 오와 열을 맞춰 사막 입구로 뻗어갑니다 경계를 두르지 않았지만 초원의 서열을 몸에 익힌 양 떼는 선을 넘지 않는 법을 본능적으로 알고 있습니다

이동 주기가 가까워 오면 먹이를 찾는 포식자들이 황폐한 초원을 어슬렁거립니다. 먹어도 먹어도 배가 고픈

종족입니다 목초지에서 맹수를 만난 내가 한바탕 멱살
잡이를 했고 몇 잔 술을 나눠 마신 서쪽 하늘이 불쾌한
나를 위로하며 골목까지 바래다주었습니다 맞습니다
풀 값이 또 올랐습니다 다시 떠나야 할 계절입니다

디스코 팡팡

세상의 이목에는 신경 쓸 겨를이 없다
오늘이 자주 덜컹거리기 때문이겠다
이럴 때는 균형을 잡는 일이 우선이어서
옷이 좀 흘러내리거나 신발 한 짝이 벗겨져도
넘어지지 않는 일에만 집중해야 한다

팡팡, 디스코 리듬처럼
바닥은 출렁인다 시간이 엎질러진다
팡팡, 춤추고 싶지 않은데
나는 종이 인형처럼 나부끼며 세상과 붙었다가 떨어진다

한 손으로 간신히 잡고 있는 밥줄을 놓치지 않으려면
남은 손이 할 수 있는 일이란 식구들의 아슬한 앞섶을 가려 주거나
있는 힘을 다해 대롱거리는 순간을 삶 쪽으로 힘껏 당겨 앉혀 주는 일
아무나, 아무거나 가릴 것 없이 곁을 잡아야 할 때

간혹 그게 가족이라면 참 민망할 때도 있었다

균형을 잃으면 주인공이 된다
들썩이고 휘청이고 뒤집히는 동안
이렇게 처절하게 매달려 본 적이 있었던가
웃으며 박수 치는 사람들을 위해 또 한 번 무대 가운데로 초대하는,
신이시여!
저에게 이 장르는 개그가 아니라 생존입니다

음악이 멎으면 표정을 숨기며 계단을 내려오는 사람들
서로의 맨살이나 속옷 따윈 절대 기억하지 않는 원나잇의 한때
살아남은 자들은 모두 묵인한다

생일 축하합니다

불쑥 독감처럼 걸려 버린 중년
당신은 침대에서 나는 소파에서
서로의 밤을 돌아눕다가도
아이가 달력에 그려놓은 동그란 날짜에
케이크를 얹고 초를 꽂으면
우리는 다시 가족이 된다

세어 보니 나는 반쯤 소모된 사람
세상을 얼마나 들이받았는지
머리에 색이 반쯤 바랜 사람

성냥을 그어 지나온 나이마다 불을 붙인다
화염이 녹인 초의 온 생애는 울음뿐이어서
불꽃에 가려 보이지 않던 눈물이
가녀린 생의 언저리에 덕지덕지 붙어 있다
마르지 않고 굳어 가는 슬픔이었다

모아 둔 내 나이의 가장자리에도 촛농 같은 날들이

있어

휘발되지 않는 기억들이
온몸에 주름으로 더께 앉는 것은
삶이 채찍질한 매 순간들이 불꽃처럼 뜨거웠기 때문

낯선 길의 입구에 둘러앉아 불을 밝히고
손뼉 치며 부르는 슬픈 기쁜 노래
억눌렀던 한숨을 훅 불어내면 초의 눈물이 멎는다
검게 그을렸던 속이 하얗게 공중에 풀어진다

주름 한 권

다 웃지 않고 다 울지 못한 시간들
겹겹이 밀려와 굳어 가는 흔적
어떤 표정으로도 활짝 펴지지 않을 때
주름은 한 편의 서사가 된다

굳이 펼쳐 보지 않아도 이미 슬픈
낡은 책 한 권
그 굴곡진 줄거리 어느 부분부터는
어렴풋이 나도 아는 이야기

고향집 고샅에서 일렁이던 잔물결들이
먼 객지까지 밀려오는 날이 있어
그런 밤은 마음도 눈가처럼 젖었다 마르는데

한생 반듯하게 펴 보지 못하고
끝내 못다 한 말 입가에 접어 두는 이
눈가에 묻어 두는 이

꼬깃하게 접었던 속엣말이 나에게도 있어
속삭이듯 그 주름 가에 놓아 보지만
괜찮다 괜찮다며 한사코 밀어내는
온화한 파문

늦봄

뭘 해도 안 풀리던 장남이
외곽지 도로변에 기사식당을 열었다

가로수 벚나무가 입구까지 꽃길을 내고
홍매화가 마당을 두른 낡은 건물이었다

주방까지 가득 들어찬 꽃향에 홀린 듯
봄날에게 적지 않은 권리금을 지불하던 날

봄이 허겁지겁 돈을 챙겨 넘던 산허리께엔
산복숭꽃이 드문드문 흘러 있었다

열흘 남짓 만개했던 꽃잎 화르르 무너지고
걱정이 새순처럼 싹을 밀어 올리는 사월

등꽃 꽃창포 목단 싸리 국화
꽃은 이제 뒷방 화투 패에서나 순간처럼 피었다 지고
있었다

입하 지나 대문께 감꽃 터지는 소리 쪽으로
엄마가 고개를 돌리며 한마디 놓는다

큰넘 살림도 이제 좀 피야 될 낀데

굽은 허리가 고향집에서 산나물을 무치는 동안
논물 보고 온 작은넘이 수돗가에서 삽날을 씻는,

어떤 꽃은 피고
또 어떤 것들은 아직 피지 않는 봄날이었다

효문동

그때 그 가난은 지금
어느 골목에서 배를 촐촐 곯고 있을까

누나는 울산에 살았는데요 시간도 양팔을 벌리고 균형을 잡아야 하는 효문동 가파른 오르막길이었죠 그곳엔 비탈진 삶들이 빙고판처럼 다닥다닥 모여 살았더랬죠

자형 시급은 462원이었는데요 짜장면 한 그릇은 500원이었어요 동네 한복판 북경반점 주방에서 짜장 향기가 스멀스멀 골목으로 기어 나오는 저녁이면 골목의 경사는 더 위태로워졌어요

누나는 나보다 열한 살이나 많았는데요 짜장면 먹고 싶은 내 눈동자보다 어떻게 그렇게 더 슬픈 표정을 지을 수 있었을까요

지금은 짜장면이 육천 원이고요 이듬해 신도시로 이

사 간 자형은 이제 월급을 오백만 원도 넘게 받는다는데요

누나만 보면 나는 짜장면이 먹고 싶고
누나는 자꾸 고기만 먹자 하고

행간

한 줄의 저녁을 기억한다

1

막걸리 한 병이면 충분하던 아버지의 발효 시간
주둥이에 엄지손가락을 쑤셔 넣고
거꾸로 흔들어 주발에 쏟아내던 탁한 문장들

병이 비워지면 잔이 채워지고
잔이 비워지면 이내 아버지가 꽃보다 붉게 차올랐다
아득한 아포리아를 건너 집으로 돌아온 행간이
빈 병과 빈 잔을 지나
한 편으로 완성되던 하루의 서사

2

나는 하루의 문장을 그러모아 행간을 적는 사람
카페모카를 앞에 두고 첫 줄을 기다린다
내가 몰입이라 부르던 행간들은 모두 휘발성

저녁의 뒷골목에서 실패한 홍정들을 생각한다
쓰는 순간 온기가 사라져 버리는 별먼지 같은 단어들
모카는 캄캄하게 식어 가는데
아직 읽을 수 없는 나라는 문장
오늘은 절실하지 않았거나 아직 버틸 만하거나

저녁 한 줄이 아프다

당신의 바깥

자기가 삼킨 눈물에 빠져 죽은 사람을 안다
딱 그의 키만큼 울고 갔다
염장이가 그를 슬픔과 함께 단단히 묶고
눈물이 새 나가지 않도록 오동나무 관으로 경계를 두르는 동안
죽음을 빙 둘러선 사람들은
그에게 흘러든 어떤 구름에 대해 증언하거나
자신의 몸에 눈금을 그어 보이는 시늉을 했다
막잔을 비우지 못하고 비틀거리며 일어설 때
코끝까지 차오른 눈물에 그가 술잔처럼
일렁이고 있다는 것을 아무도 몰랐다
우리는 모두 당신의 바깥에 서 있었다
울고 있었지만 아무도 당신이 술잔에 채워 준 구름을 마시지 않았다
한 이틀 슬픔들이 속속 다녀가고 마지막 날엔
잘게 부서진 눈물이 항아리에 고였다
주목나무 아래 그를 뿌려 두고
남은 이들이 출렁거리면서 산을 내려가고 있었다

3부

방파제 위에 떨어진 별 몇 개

불가사리

방파제 위에 밤낚시꾼들이 몇 개 별들을 건져 놓았다

먼바다에서 밤새 글썽이다가 짧은 궤적을 그리며 지워진 별

바다로 떠나던 네 캄캄한 눈동자에서도 가물거리던 별들

사람 하나 지우는 일은 가슴에서 눈으로 바람을 길어 올려 여린 눈꺼풀로 저며내는 일

파도는 밤새 흩어진 별들을 쓸어 갔지만 끝내 행선지를 알려 주지는 않았고

네가 돌아서던 방파제 위에 떨어진 별 몇 개가 눈물자국처럼 말라 가고 있었다

그냥

그냥, 이라고
네가 말하는 순간
그는 왼쪽에서 냥은 오른쪽에서
자동문처럼 스르륵 닫히고
우리는 견고한 그냥의 앞과 뒤에 서 있다

손잡이가 없는 그냥 앞에
한 걸음 더 다가섰지만
당분간 아무도 인식하지 않겠다는 듯
미동도 없는 문

그냥을 바라보며
나는 슬픔을 잘 다루는 사람이라고 말하지만
너는 그냥에 가만히 기댄 채
슬픔에 잘 길들여진 사람이라 대답한다

열 개의 사전과 백 개의 공식으로도 풀리지 않는
천 개의 의문 부호를 가진 말

사랑이라고 말하지 마라

그냥

이라는 말을 해독할 수 있을 때까지

테트리스

다섯 평 원룸에 삼대가 삽니다
서로 살을 맞대는 일이
이 방에선 오히려 도덕적입니다

필요한 건 거의 다 있어요
꼭 필요하지 않은 게 없을 뿐
우아하게 놓여 있지 않을 뿐

딱 추워 죽지 않을 만큼, 딱 더워 죽지 않을 만큼
비좁은 계절은 독특했지만
봄과 가을이 그 사이에 한 번씩 있다는 게 어디예요

어쩌다 일요일
할머니의 낮잠이 가로로 눕습니다
아이들 숙제는 세로로 엎드리고
이리저리 모양을 바꿔 보던 엄마가 빈틈에 몸을 맞추면
오늘도 하루는 완성입니다

바닥에는 서열이 있습니다 혹은 없습니다
할머니 이부자리가 깔리고 나면
우리는 나이순으로 혹은 귀가 순으로 배치됩니다
매일 새로운 모양으로 완성되는 가족은
밀려난 옷걸이와 모로 누운 밥상이 있어서
언제나 안심입니다

방을 집이라 부릅니다
가끔 틈이 생기는 날도 있지만
그렇다고 이 집에다가
다시 칸을 지를 순 없잖아요

나무날개

그는 겨드랑이에 나무날개를 끼운다
무너진 자세를 고치며 목발로 나서는 밤길
설화는 달밤에 시작된다
외딴집 마당에 새도 사람도 아닌 것이 어른거리던 날
마을에는 인면조를 보았다는 소문이 돌았고
소문의 꼬리는 그 집 가까운 골목에서 끝이 났다
밤마다 마당에는 다리 없는 검은 그림자가
앙상한 날개뼈를 한껏 움츠렸다
공중에 걸음을 놓아 보지만 번번이 곤두박질쳤다
어쩌다 외발이 날개를 앞지를 때에는
새 그림자에서 몸을 빼려는 사람 그림자가
빈 다리에 걸려 넘어지곤 했다
푸드덕, 허공을 짚는 날개 소리에
달빛이 담장 가로 쓸려 나갔다
사람을 놓아야 새가 될 수 있었다
구겨진 깃을 털고 날개를 가지런히 모으면
새의 울음소리를 낼 수 있었다
빼곡히 찍힌 발자국마다 별빛이 박혔다

별들 사이로 검은 사람이 절룩이며 사라지고
나무날개를 짚은 새 하나 마당에서 걸어 나왔다

고사목

땅속에 머리 박고 죽은 물고기
공중에 가시만 남았다
생각은 땅에 묻고 육신은 풍장하는
이 풍습은 본래 나무들의 이별법
별이 된 물고기를 흠모한 어느 몽상가가
별자리 짚어 산정까지 왔을 때
바다는 멀고 하늘은 더 멀었다
꼬리지느러미에 마지막 숨을 모아 튀어 올랐지만
희망은 언제나 머리부터 떨어졌다
다한 숨을 길에 얹어 놓으면
나무들이 서늘한 그늘로 염을 하고
북극성 찾아 등지고 좌향을 살핀 후
물고기자리 아래 무덤을 지었다
객사한 물고기는 비늘부터 말라 갔다
삭은 뼈에는 아직 물의 기억이 남아
먼바다로부터 남풍이 드는 날이면
쏴아아 파도 소리를 능선에 쏟아 놓는다
밤하늘에서 두 마리 물고기가 헤엄쳐 와

고사목 가지 끝에 끈을 묶는 동안
황도 12궁에는 물고기자리가
잠시 비어 있었다

겉절이

어느 현장에서 품을 팔았는지
낡은 봉고차가 식당 앞에
한 무더기 일당쟁이를 부려 놓는다

땅거미가 하루의 노동에서 건져낸 저들을
척척 국숫집 의자에 걸쳐 놓으면
시멘트 바닥으로 주르륵 흐르는 노을

하얀 거품을 저녁의 가장자리로 밀어내며
국수가 삶아지는 동안
그들은 종일 다져 온 양념으로 서로를 버무린다

잘근잘근, 오늘의 기분을 씹으며
겉절이 한 잎을 반으로 찢는다
너무 길거나 폭이 넓은 슬픔은
적당한 어디쯤에 젓가락을 쑤셔 넣고 주욱 찢어야
비로소 먹기에 알맞은 크기가 된다

반쯤 숨이 죽은 채
하루가 치대는 대로 몸을 맡겼다가
국수 앞에 둘러앉은 사람들
아직은 어디에라도 곁들여지고 싶은
절여진 겉들

별의 입구

별을 향해 걷다 보면 걸어서는 끝내 별에 닿을 수 없다는 것을 알게 된다

발맘발맘 걸어서 다다른 종점 근처에 아직도 저만큼 떠 있는 별

보폭이 같은 사람들과 웃고 울다가 누가 걸음을 멈추면 그이를 땅에 심게 되는데 거기가 바로 별의 입구

일생 딱 한 번 축복처럼 열리는 작은 문

함께 걷던 이들이 눈망울에 비친 기억들을 문 앞에 떨궈 놓고 이내 총총 흩어진다

그런 밤은 먼 하늘에서 배를 한 척 보내와 무덤과 별들 사이에 환하게 정박해 있다가

그믐이 되면 그 달 무덤까지 내려와 멈춘 걸음들을

서쪽 하늘로 데려간다

그리운 눈을 하고 가만히 보면 은하수까지 가득 찍힌 발자국들

달방

달이 세놓는 방이 있다
문이 열리면 까무룩한 어둠들만
졸린 눈을 비비며 하차를 하는 경주시외버스터미널
골목 상점들 하나둘 간판을 켤 때마다
별들이 어둠 속에 툭툭 생겨나고
골목은 이내 하늘길을 연다
길 끝에 간신히 매달린 칠성여인숙
입구에 붙어 있는 나무 팻말에는
달빛으로 흘려 쓴 희미한 손글씨
달방 있음
떠돌이별들이 달의 변두리에 터를 잡아
분화구마다 천정을 만들고 창을 낸 방
종일 삶의 외곽만 공전하던 몸을
달빛에 적시고서야 비로소 빛을 끄는 별
당기지도 밀어내지도 못하는 꿈들이
저마다 달빛에 깃들어
상현처럼 부풀고 하현처럼 삭는다
막차 시동 소리가 하루의 끝을 알리면

누군가는 돌아와 더운물에 몸을 씻고
누군가는 아직 달의 뒷면을 걷고 있는지
빈방은 어둠을 끌어 덮고 그믐을 앓는다
두툼한 숙박계 몇 장을 넘기다 보면
달과 별이 써 내려간 일곱 개의 에피소드가
가난한 성자들의 이야기처럼
한 달에 한 장씩 줄거리를 늘여 간다

발아래 어느 상가

내게 꽃피가 흐르는 건 분명 아닐 텐데
혈연도 아닌 내가 무릎을 쪼그리고 흙담 아래 채송화 한 송이 지는 일을 본다

터덜터덜, 오후가 골목을 지나는 소리에 내 그림자 한쪽으로 슬쩍 비켜 앉고
검게 옷을 차려입은 이웃집 처마가 슬그머니 내려와 함께 곁을 지킨다

숨죽이며 시들어 가는 꽃의 결말을 점자 읽듯 손끝으로 오래 만진다 그러는 사이 땅거미가 오고

마지막 혈육인 듯 이슬만 한 첫 별이 이파리에 앉으면 결국 꽃잎은 지고

나는 발아래 어느 상가에 앉아 남은 꽃들의 어깨에 얹힌 저녁을 쓸어 준다

장편

서재에 들어섰을 때
죽음은 벌써 그의 결말을 읽고 있었다
나란히 앉은 죽음과 나는 맥없는 팔을
가끔 만지고 또 지켜보았다
가만히 숨을 고르던 여린 소리가
못갖춘마디로 말끝을 흐린다
흠칫 놀라 떨리는 입술에 귀를 대 보던 죽음은
공중에 떠돌던 마지막 말이
바닥에 내려앉기를 기다렸다가
사방에 흩어져 있는 침묵을 당겨 와
적요한 얼굴을 덮어 주었다
한때 그를 나눠 읽던 이들이 충혈된 눈으로
함께 머물던 페이지를 뒤적이며
국화꽃 책갈피를 꽂아 놓는다
죽음이 한생을 모두 읽는 데
꼬박 칠십사 년이 걸렸다
그 길었던 서사의 마지막 장을 덮는 날
장편 한 권이 서가 귀퉁이에 가지런히 꽂힌다

오후 대책

누군가는 버리고 누군가는 줍는 방식으로
모처럼의 연휴가 가고 있다
택배 상자를 차곡차곡 접어내면서
나보다 더 자주 집에 오는 누군가가 있었다는 사실과
감쪽같이 사라지는 상자들의 행방에 놀란다

노후 대책을 세우려면 좀 아껴야지 않겠냐는 말을
주고
골목에는 당장 오후 대책이
더 급한 이가 있다는 대답을 돌려받는다

아내는 큰 그림을 그리는 사람
소파와 리모컨과 홈쇼핑 채널이
오후의 골목에 미치는 영향을 설파하며
끼니도 못 되는 책만 들이는 나를 방으로 돌려보낸다

구천 원을 주고 산 174그램의 시집이
빈 밥그릇처럼 가지런히 꽂힌 위에 또 엎어져 있는

책장

먹지도 못하는 걸 자꾸 사 온다는 아내의 핀잔을
참 많이도 견뎠구나 위로하다가
불현듯 오후를 견디고 있을 누군가에 생각이 간다

파지가 키로에 100원이면 시집 한 권은 17원
삼백 명의 시인이
오후 난민의 밥 한 그릇 해결하기 벅차다는 사실에
시 쓰는 일 참 부질없다 싶어서
내 시집 몇 권을 얹어 삼백 권쯤 노끈으로 묶는다
시 쓰는 일도 밥이 된다는 듯이

아내가 다시 전화를 건다
질세라, 어느 시인에게는 또 미안한 일이지만
서명된 페이지는 오려서 비닐 파일에 넣고
그 위에 내 책을 또 몇 권 보태 보는 오후가 저물어
간다

이모

혼밥이 지겨운 날은 식당으로
되도록이면 외진 골목 허름한 식당으로
그곳에서는 아무나 이모

이모 물, 이모 소주, 이모 김치 이모이모이모
우린 서로 타향이니까 찡그리지 않고
우린 가족이니까

엊저녁엔 고시원 준이와 실습 나간 혁이가
점심엔 기간제 숙이가 명찰에 고개를 묻으며
이모이모를 수없이 목구멍으로 밀어 넣고 갔는데
엄마엄마 불러 보고 싶은 밥상에서
이모만 수도 없이 부르다 갔는데

괜스레 빈자리 서성이다가
깍두기 콩나물만 고봉으로 밀어 놓고 가는
골목 식당에는 엄마 같은 이모가
웃으며 나를 기다리는데

혼밥에 혼술이 미치도록 서럽거든 식당으로
수저 한 벌 앞에 놓고 엄마엄마 부르고 싶은 날엔
공깃밥 한 그릇 꾹꾹 눌러 엄마처럼 기다리는
이모네 식당으로

견딜 만한 일

닷새마다 돌아오는 경주 장날은
온 동네 사람들 첫차 타고 병원 가는 날

들어서는 순서는 제각각 달라도
언제나 나이순으로 호명하는 접수창구 간호사와
안부인지 진찰인지 손부터 덥석 잡는 젊은 의사

좀 어떠세요 어머니
견딜 만허다… 빨리 죽어야 되는데…

만하다는 말
그 아래는 천 길 낭떠러지여서
외줄 같은 하루가 아슬하게 매달린다
살 만하다는 말도 오지게 슬픈 말이지만
견딜 만하다는 말, 참 속속들이 아프다

약 냄새만 맡아도 푸근한 노인들이
전깃줄 새처럼 가지런한 벤치

장난스레 택호를 부르기도 하면서
밥은 몰라도 약은 빼먹지 말라는 살가운 약사

그 당부
지팡이 끝에 약봉지처럼 걸고서
신호등 건너 장터로 간다

꽃 틈에서 누가

웬 죽음이 내 앞에 불쑥 끼어든다
새털이 날아와 떨어지는 일처럼 가볍다

생각이 아슬한 난간까지 갔다 오는 날이면
그러나로 끝나는 문자를 보내오던 네가

차라리라는 말을 결심하는 동안
몇 개의 접속사가 어둠 앞에서 서성거렸을까

푹 우러난 슬픔에 밥 한 공기를 말아 먹는다
종이 그릇이 다 비워질 때까지 친구는 오지 않는다

이런 날에는 슬픔이 무난하지만
사실 나는 웃음과 눈물을 양쪽 주머니에 넣고 왔다

평생 모아 놓은 웃음 몇 개를 밀어내며
내 손은 자꾸만 눈물을 만지작거린다

어때 거긴? 빈 곳을 향해 물었을 때
국화꽃 틈에서 누가 씨익 웃는다

눈이 마주친 나는, 꺼내려던 눈물을 도로 집어넣으며
예의처럼 입꼬리를 슬쩍 들어 올린다

퇴고

버려야 할 것과 고쳐 써야 할 것
조금 불편하더라도
그냥 두어야 할 것이 있다

한 끼 밥이 차려졌다 물려지고
뜬금없는 생각을 새벽까지 받아 적다가
엎드려 잠든 몸을 받아 주던
소반의 한쪽 다리가 삐걱거린다

버릴까 고칠까 그냥 둘까

오래된 이와 시간을 나누다가
어긋나 버린 생각 때문에
반듯하던 감정을 그만 바닥에 쏟았다

고쳐 쓰지 않는 것이 사람이라지만
버릴 수도 없고
그냥 둘 수도 없어서

그날

그의 가슴에

못 하나 박고 돌아왔다

4부

밑장 없는 계절

그 말

어젯밤 당신이 놓고 간 말

종일 탁자 위에 엎혀 있네

아직은 나의 것이 아니고

더는 당신 것도 아니어서

덩그러니

애도

어미날 한번 쓱 문대 보면 어떤 놈인지 안다 깎아야 할 곳과 남겨야 할 곳은 마음에 두고 괜한 말로 자극하지 않는다 서른 해 넘게 죽은 나무를 만지고서야 나무의 혼을 불러낼 수 있었다 껍질을 열고 한 겹 한 겹 나뭇결을 꺼내 읽다가 전생의 가장 아름다운 순간에서 날을 멈춘다 그곳은 보통 꿈결로 이루어져 있다 그때부터 나무는 의심 없이 몸을 내준다

나무는 속내를 결에 새긴다 해마다 한 줄씩 늘여 가는 유언장 같다 볼품없는 껍질도 살아내고 보면 결이 된다 당신의 숨결과 내 숨결 사이로 밀려와 물결무늬를 이루는 저녁

끔찍하기도 하지 덜 마른 나무를 깎는 밤은

느닷없는 죽음은 싱싱하지만 쓸 곳이 마땅찮다 물기 머금은 나이테의 소용돌이에 대패는 이물부터 침몰하거나 빽빽한 대팻밥에 자꾸 날이 걸린다

그런 날은 일이 손에 잡히질 않아 몇 날 며칠 숲으로 간다

덧날을 단단히 다시 끼우고 모난 생각들 위에 대패를 얹는다 세상의 옹이를 깎는

목수처럼 투사처럼

골목의 완성

하루와 바꾼 몇 장의 지폐를 안주머니에 품고
슬몃 빈방을 들여다보는 이 적막한 귀가는
어느 날 부장 된 외로움과 함께 발견될
자신에게 가는 조문
잡풀이 자라는 지붕 아래
상석처럼 놓인 양은 밥상
매일 같은 문을 열고 닫지만
그와 죽음이 아슬하게 서로를 비켜 지나는 쪽방에
흩어져 있는 냄비며 라면 봉지는
훗날 또 다른 부장품으로 발견될지도 모를 일
쪽창에 형광등 불빛을 내건다
저녁마다 약속처럼 펼쳐지는 점등 점호는
이 골목만의 오래된 의식
불빛들이 서로 손을 뻗어 골목이 완성되면
듬성듬성 창을 넘는 숟가락 소리
오늘은 큰맘 먹고 더운밥에 생선도 한 마리 올렸지만
따라 둔 소주잔만 겨우 비워내고
이내 입맛 없는 귀신처럼 신문지를 덮는다

세상을 돌아눕는다

빈방이라는 악몽

K의 무리들은 방바닥을 도마라고 부른다
가끔씩 엇박을 치던 삶의 박자를 온전히 놓쳤을 때
여기 누워 꾸었을 서슬 퍼런 칼날의 악몽
이 죽음의 가해자는 악몽입니다
과학 수사 요원의 비과학적 결론이
악취처럼 온 방에 떠돈다

K는 죽음을 분리하는 사람
너저분한 도마 위 물건들을
삶의 경계에서 도려내는 일은 쉬운 일이지만
빈방의 구석까지 스며 있는 지독한 꿈을
그의 기억에서 뜯어내는 일은 여간 어려운 일이 아니었다

서랍을 열자, 미처 견적하지 못한 가족사진 한 장
주검보다 훨씬 오래전부터 부패해 버린 이 관계는
악몽으로부터 그를 지켜내지 못했다

집주인에게 미안하다
펼쳐진 노트에 눌러쓴 마지막 줄은
종일 문질러도 지워지지 않는다

그의 전생을 몇 장의 종량제 봉투에 나눠 담고
오존 살균기의 전원을 끄자
고독의 냄새까지 말끔히 지워진 빈방이 완성된다

카톡

휴대폰과 함께 탁자에 던져진 말, 씨발
빗장을 열고 꼭 필요한 말만 꺼내 쓰던
아버지의 창고에서
오래 묵은 그 말은 서슬이 무뎌져
마주 오던 말들이 징검돌처럼 디디며 넘나들겠다

공포탄만 지급받던 아버지의 국지전들은
반장의 실탄 한 발이면 금세 평화가 깃들었고
가끔은 공허한 탄성이 제3 지대에서
뽕짝으로 변주되어 집 앞 골목까지 몰려들었다

쉽게 풀려 버리는 암호
액정 너머에서 아버지를 관통한 카톡 메시지가
내 심장을 다시 스친다
— 귀하는 ○월 ○일부로 해고 대상임을 예고합니다

그의 휴대폰에서는 숫자 1이
아버지에게는 일이 한꺼번에 사라지는 순간이었다

아무도 겨누지 못한 아버지의 씨발이
밤새 집 안에서 떠돈다
아침 식탁 위로 흩어지고 있는 동안
식구들 묵묵히 밥을 먹는다

뒷맛

옆에서 불쑥 손을 내밀었을 때
하마터면 악수를 할 뻔했다

지금 우리는 낯선데
내게 손을 내미는 저의는 무엇인가

거절에 대해서 생각한다
뒷맛을 남기는 씁쓸한 손들에 대해

일치한 적 없는 손금 때문에
아귀가 맞지 않던 생각의 틈들

앞뒤 잴 것 없이 먼저 흔들고 온 날은
기분이 명랑해질 때도 있었다

정산할 수 있다면 몸을 숙이며
손잡지 않아도 된다는 것을 출구에서 알았다

허리를 꼿꼿이 펴고 내민 빳빳한 지폐가
차단기를 힘껏 들어 올린다

타조 증후군

어떤 죽음은 생각만으로도 완성될 때가 있다
미제의 죽음 뒤에는 쓸쓸한 현장이 남았고
곁을 떠나지 못한 소지품들만
봉투에 밀봉된 채 증거로 수집된다
폐업 이후 밤마다 어둠이 그를 바짝 따라붙었다
몇몇 어둠은 멀리서 시선을 고정하고 있었고
어슬렁거리며 뒤를 밟던 몇은 돌아서기도 했지만
골목을 돌면 다시 어둠, 사방이 천적이었다
집을 들킬 수는 없었다
목을 길게 뺀 맑은 눈동자의 어린것들
숨어들듯 집으로 가던 그가 어떤 낌새를 느꼈을까
오늘의 귀가는 늦도록 아파트 단지 외곽만 맴돌았다
흉기를 지니진 않았지만
거리에서 마주친 눈빛에는 살의가 느껴졌다
좁혀져 오는 미행을 따돌리지 못하고
옥상으로 몸을 피한 그는 결국 아파트 화단에 머리를 묻었다
유일한 목격자면서 용의자였던 세상은

그새 딴청을 부리며 웅성거리는 사람들 틈에 섞여 있었다
가끔 곁눈질로 그를 힐끗거렸지만
이미 죽은 먹이는 먹지 않았다

어느 낭만적 고양이의 죽음

이 악장을 표현하기 위해서는 죽음을 먼저 이해해야 해

속도와 음정이 서로 다른 음표를 향해
고양이는 오선지 한가운데로 뚜벅뚜벅 걸어간다

큐 사인이 불러오는 격렬한 템포
간결한 클라이맥스가 지나면
일제히 한곳으로 향하는 관객들의 시선

안단테 안단테
낭만적 고양이의 짧은 악절

뒷골목의 쓸쓸함으로 얼룩진 수트와
조율을 마친 팽팽한 수염으로 슬쩍 표정을 가리고
허공을 보듬는 우아한 몸짓

느려지는 지휘를 따라

일사불란하게 속도를 늦추는 음표들, 바퀴들
죽음의 완벽한 해석에서 시작되는 여린 떨림은
아방가르드를 지나 다시 낭만주의 감성으로 접어드
나 보다

음표들이 느린 템포로 우회를 시작한다

악보 위에는 혼신을 다했다는 명백한 증거가
스포트라이트를 받고 있다

모르는 척

바람이 꽃의 멱살을 잡고 흔든다
어디서 모양을 구기고 뜬금없이 달려와 만만한 꽃의 모가지를 틀어쥐었다

팽팽한 손목 힘줄 너머에서 끄덕이는 목줄기는 언뜻 수긍 같지만
땅속 잔돌을 거머쥐는 뿌리의 악력은 끝내 꺾이지 않겠다는 저항이었다

지는 줄 알면서도 싸워야 할 때 꽃은 전 생애를 건다
비굴은 때로 목숨보다 질기게 자신을 움켜쥐기 때문이다

이럴 땐 바람부터 말려야 한다
끼어들어 둘 사이를 떼어 놓고 꽃의 말을 먼저 들어주어야 한다

한바탕 싸움에서 지고 온 나를 오래 안아 주던 엄마

처럼

　바람을 등지고, 헝클어진 호흡이 잦아들 때까지 가만히 기다려 주어야 한다

　잎을 접고 주저하는 꽃에게

　아무 일도 없었던 것처럼 우린 딴 얘기를 하고 엉뚱한 질문을 하고

밑장

기회는 언제나 뒤집어진 채로 온다
공평이란 바로 이런 것
이 판에 들면 잘 섞어진 기회를
정확한 순서에 받을 수 있겠지
그래, 사는 일이란 쪼는 맛

딜러는 펼쳐 놓은 이력서를 쓰윽 훑어보고
몇 장의 질문들을 능숙하게 돌린다
손에 쥔 패와 돌아오는 패는
일치되지 않는 무늬와 숫자로 모여들던
가족들의 저녁 표정 같았지만
여기서 덮을 수는 없는 일

비밀스레 돌아오는 마지막 패에는
섞이듯 섞이지 않는 카드가 있었고
꾼들은 그걸 밑장이라 불렀다
보이지 않는 손으로 밑장을 빼내
옆자리에 슬쩍 밀어 줄 때, 딜러의 음흉한 표정이

밑장의 뒷면에 슬쩍 비치고 있었다

계절이 지나도록 판은 계속된다
어제 함께 국밥을 말아 먹고 헤어졌던 이들이
더러는 있고 한둘은 보이지 않는 새 판에서
겨우내 패를 덮고 있던 나무가 자리를 당겨 앉아
새잎을 쪼고 있다
쪼는 족족 봄이다

밑장 없는 계절에 이력서를 쓰는 밤이 길다

햄릿 증후군

등산이나 갈까 싶은 일요일 오전
분식집 메뉴판 앞에서 고민에 든다

첫 끼는 밥이지 하며 오므라이스를 주문했다가
그래도 분식의 꽃은 라면이 아니던가
라면과 김밥 한 줄로 주문을 바꾼다

짠 라면은 밥이라도 말아 먹지
싱거운 라면은 밀가루 냄새만 가득해서
고행하듯 반쯤 비워 가는 찰나

등산복 차림의 중년 슬그머니 들어와
옆자리에서 반가사유 하고 있다
흘깃 내 밥그릇을 탐내는가 싶더니
라면에 김밥 한 줄요!

하마터면 벌떡 일어나 손사래를 칠 뻔했지만
되는 놈은 어떻게도 되는 법

금세 야채볶음밥으로 갈아탄다

순간 그에게 엄지척을 날릴 뻔했다

신의 한 수

흰과 검은의 이야기를 들려줄게

검은은 우하귀의 도쿄 흰은 좌상귀의 서울 검은은 우상귀의 홋카이도 흰은 좌하귀의 목포 여기까지는 정석에 가까운 포석이지 검은이 목포에 눈목 자로 나가사키를 붙이면 흰은 날일 자로 제주를 두며 지키는 방법을 택했어 그때 검은이 이키로 세력을 넓혀 왔지만 흰은 장고에 들다가 거제를 놓으며 다시 지키는 쪽을 택했어 검은이 시마네로 하변의 실리를 쌓을 때 흰이 어복* 에 울릉을 놓는 거야 도대체 무슨 행마법이었을까 검은이 자충이라 여겼는지 한 칸 뛰며 오키를 놓을 때 흰은 응수하지 않았어 마음은 이미 울릉에 가 있었던 거야 마늘모로 독도를 가만 붙이더라고 지금 생각해 보면 신의 한 수였지

검은이 오키나와로 한 칸 건널 때 흰은 독도에 괭이갈매기 집을 짓고 검은이 쓰시마로 부산을 들여다볼 때 흰은 독도에 해국의 집을 지었지 검은이 돗토리로 도쿄

와 시마네를 이으며 세력을 키울 때 흰은 독도에 물수리의 길을 밝혀 줄 등대를 만드는 거야 사석인 줄 알았던 독도에 생명이 움튼 거지 검은이 당황했는지 초읽기에 몰렸어 오, 이런! 검은이 갑자기 독도 위에 다케시마를 얹는 거야 거긴 착수금지점인데 말이야

* 魚腹. 바둑판의 한가운데.

먼지

오늘의 예보는 나쁨

우리는 서로 아득합니다
수만 년을 건너온 화석 연료처럼
사랑은 지금 불완전 연소 중

실루엣만 남습니다
몇 걸음으로도 먼 당신,
오래된 자동차처럼 불편해지다가
차츰 미세해지는 감정
이대로 이별해도 되겠습니다

질량 없는 언어가 우리 사이에 가득합니다
가슴에 차곡차곡 쌓이던 말이
오늘은 희뿌연 비유로만 촘촘합니다
오늘의 예보는 나쁨
오래전 시작된 사랑을 기억할 수 있겠습니까
그 간격 속에 타다 남은 사랑이

먼지처럼 가득합니다

그녀가 피어나는 유일한 방법

여자는 손목으로 울고 있었다
눈물만으로는 비워낼 수 없는
삶의 물꼬를 돌려놓고 싶을 때마다
손목에 칼을 댔다
외로움은 칼끝보다 더 고통스런 통점
남겨진 한쪽이 삶에 손 내밀 수 없도록
깍지 낀 손이 기도처럼 단단했다
욕조는 붉은 잉크가 풀어내는 독백을
토씨 하나 빼먹지 않고 받아 적는다
선명해져 가는 문장 속에서
발갛게 피어나는 여자
어긋난 꽃차례를 따라가다 보면
어둠 속에 웅크려 있는 소녀를 만난다
골절된 날들에 부목을 대고
가만히 속내를 더듬어 가다 보면
손목엔 칼끝이 새긴 환생의 숫자들,
가만히 스캔해 보면
'나를 잊지 말아요'

해설

청록의 모서리에 걸터앉으면 불어 보는 휘, 파랑波浪에 관한 보고서

정 훈(문학평론가)

삶을 공전空轉하는 바퀴에 가까스로 매달린 사람 생명의 총체라 생각하는 허무주의자도 삶의 그런 메커니즘 틈바구니에 얼핏 보이는 빛을 물리치지는 않는다. 그러니까 스스로 '허무주의자'라 여기는 사람들일수록 꿈이나 희망과 같은 '낙관적인 전망'에 대한 믿음은 더욱 단단해지는 수가 있다는 뜻이다. 하지만, 아무렴, 이 말은 확실히 비약이다. '허무함'에서 '허무주의'로 건너는 과정에서 징검다리들은 그동안 신발 속에 얌전히 눕혀져 있던 발가락에 얼마나 많은 상처를 안겼던가. 예기치 못한 사이에 나뭇가지가 얼굴을 스쳤다 생각했는데 실은 매몰찬 손찌검이었음을 알아차렸을 때, 다정한 입술로 속삭였던 말들이 어느 순간 자신을 꽁꽁 묶어 버렸던 부드러운 올가미였다는 사실을 문득 깨달았을 때, 높디높은 푸른 하늘을 올려다보았지만 배설물을 제 얼굴에 싸지르고는 시원하게 날아가는 새를 보았을 때, 그리고 달콤한 잠처럼 따스할 줄로만 알았던 당신 가슴에서 날카로운 손톱이 삐져나온 것을 보았을 때 남은 발가락들 중 하나씩 잘려 나가는 게 삶일 것이다. 그러므로 대체로 우리 삶이란, '행복'이나 '절망'과 같은 감정 상태를 놓고 보았을 때 양극단 사이를 오가는 것처럼 보이지만, 실은 양극단의 틈바구니에 쟁여져 있는 겹겹의 사다리들로 옮겨 다닌다고 보는 편이 훨씬 삶의 실상에 가깝다. 그러나 문득, 다음 사다리로 건너기 전에 골똘히 지나온 발판들을 되새기거나 돌이켜 보는 이들이 있다. 한 발 내딛기 전의 사전 작업처럼, 마치 제 앞에 놓인 사다리가 이미 지그시 밟았다가 자빠지거나 헛디뎠을 사다리의 복제판은 아닌지, 혹은 빛이라 여기지만 어둑어둑한 수령 한복판에서 쏘아붙이는 매서운 눈빛임을 알았던 때 심장을 쓸고 갔던 지난날의 생채기는 아니었는지 머뭇거리는 이들이 있다.

입 속을 맴돌며 미처 내뱉지 못한 말들을 천천히 굴리다 죄다 삼켜 버릴 때 눈을 지긋하게 감으면 그제야 온 생애 곳곳에 묻혔던 상처투성이쯤 하나씩 바래는 법이다. 하나씩 바래는 상처 표면이 시간의 더께로 두터워지거나, 아마 너무도 자주 되살려 불러낸 얼굴이었기에 이제는 반들반들해져 버린 둥근 돌처럼 아픔은 그렇게 상기된다. 그 아픔들은 옹이처럼 마음에 단단하게 터를 잡고서는 생각의 임자가 되기도 하고 더러는 '아픔'이라는 이름을 단 물컹한 설움으로 등을 보이며 떠나기도 하리라. 삶의 마디 속을 파고들어 왔다 빠져나간 것들은 어찌됐건 자국을 남긴다. 마냥 쓸어 버리고만 싶거나 꼬옥 보듬고서는 한 몸이 되어 영원을 지나고만 싶은 자국들이다. 권상진 시인은 그런 자국을 수놓은 삶의 형식과 질감을 되새김질하여 즙이 되어 흘러나오는 생의 분비물들을 기록한다. 그에게 시는 사고와 감정의 마침표가 아니라, 비로소 생각을 불러일으키거나 느낌을 주입해 길을 걷게 하는 이정표이다. 고개를 주억거리면서 천천히 걸음을 옮겨 놓을 때, 그 숙연한 생명의 진행이 사실은 지난 것들의 외침과 비명과 속삭임들로써 힘을 얻게 된 출발이라는 점을 시인은 잘 알고 있을 것이다. 그러므로 시는 한층 더 세상을 에둘러 가기 위해 모눈종이 한가운데 찍는 글자이다. 글자를 사방으로 에워싼 사각의 선들을 마주하며 잠시 생각에 빠졌다 다시 눈을 떠 금 너머로 생각의 갈퀴를 던지고선 앉은 자리 쓰다듬는 일이다.

> 의자를 옮겨 앉던 작은 별 소년처럼
> 석양을 좇아 차를 달리네
>
> 해는 기울고, 산등 같은 내가

먹먹하게 어두워지고 있네

어느 날 네가 내 귀에 걸어 놓고 간
뉘엿한 말을 생각하네

먼 말이었네
오래 내 귀를 물들이던 해 질 녘 같은 말이었네

누구나 슬픔에 잠기면
해 지는 모습을 좋아하게 되는 거라며

빈 의자를 들고 저녁을 되짚어 오던 소년처럼
나는 저문 사랑에 머뭇거리다 까만 어둠이 되네

—「뉘엿한 말」 전문

'상태'를 온전히 보여 주는 일만큼 어려운 게 없듯이, 더러 어떤 상태에 다다르려 하는 전조를 스케치하는 일만큼 난감한 일도 없다. 그런데 「뉘엿한 말」은 그런 어려움이나 난처함도 건너뛴 듯하다. 그러니까 위 시는 화자의 상태나 상태 이전의 과정이 어떠하다는 사실을 보여 주기보다는, 어느 생각 하나로 해서 촉발되어 그리게 된 마음 한 자락의 풍경을 건져 올린다. 겉으로는 "어느 날 네가 내 귀에 걸어 놓고 간/뉘엿한 말"을 떠올리면서 시작된 시상詩想이지만, 한편으로는 "석양을 좇아 차를 달리"듯 무심한 듯 까닭의 출처가 확인되지 않지만 마치 그럴 필요조차 없다는 듯 어둑한 마음 자락 걸쳐 보이는 것이다. 여기에는 대낮의 소란과 사건들이 실종되어 있다. 대낮이 어둠으로 기우는 시간 속으로 몸을 조용히 뉘려는 시인의 의지만이 오롯하다. 해 지는 풍경 속에 자신을 거들어 풍경과 하나가 되려는 듯 이미 젖어 축축해진 생각과 마음의 질량을 시인도 어쩔 수 없다. "나는 저문 사랑에 머뭇거리다 까만 어둠이" 되는 정물을 들여다본다. 이 어둠은 지독한 사랑과 슬픔을 짓이겨 만들어낸 색채의 세계일 것이다. 지쳐 다리를 절며 찾아오는 자만이 진입할 수 있는 안식의 어귀, 그 따뜻한 공간에 속을 데우면 지난날 자신에게 날을 세우며 할퀴던 사연과 말들을 고이 접을 수가 있을 것이다. 시인도 그곳으로 가서 시린 마음과 몸을 접고만 싶어 했던 것은 아닐까.

읽던 책을 쉬어 갈 때
페이지를 반듯하게 접는 버릇이 있다
접힌 자국이 경계같이 선명하다

한때 우리 사이를 접으려 한 적이 있다
사선처럼 짧게 만났다가 이내 멀어질 때
국경을 정하듯 감정의 계면에서 선을 그었다
골이 생긴다는 건 또 이런 것일까

잠시 접어 두라는 말은
접어서 경계를 만드는 게 아니라
서로에게 포개지라는 말인 줄을
읽던 책을 접으면서 알았다

나를 접었어야 옳았다
이미 읽은 너의 줄거리를 다시 들추는 일보다
아직 말하지 못한 내 뒷장을 슬쩍 보여 주는 일
실마리는 언제나 내 몫이었던 거다

접었던 책장을 펴면서 생각해 본다
다시 펼친 기억들이 그때와 다르다
같은 대본을 쥐고서 우리는
어째서 서로 다른 줄거리를 가지게 되었을까

어제는 맞고 오늘은 틀리는 진실들이
우리의 페이지 속에는 가득하다

—「접는다는 것」 전문

"잠시 접어 두라는 말은/접어서 경계를 만드는 게 아니라/서로에게 포개지라는 말인 줄을/읽던 책을 접으면서 알았다"는 시인의 전언이다. 접어 금을 긋는 게 아니라 이어서 한 꺼풀씩 차곡차곡 덮어 주는 말, 접는다는 말뜻을 변용했다기보다는 그 언어가 숨기고 있는 의미를 끄집어내어 '사랑의 관계학'을 말한다. 이러한 '관계학'은 이번 시집을 관통하는 핵심이 되는 시인의 사유여서 가만 귀를 대어 그 맥박을 들여다볼 뿐이다. 자신의 마음을 미련 없이 접어 뒷걸음치는 일이다. 당신과 내가 지금까지 맞잡고 걸어온 관계의 오솔길을 접어 더 이상 나아가지 못하게 절연하는 게 아니라, 당신에게 내 등허리를 활짝 젖혀 마르지 않은 채 축축히 젖어 있는 흐느낌의 고백을 내어 주자는 말이다. 그러면 그대 또한 더운 손 내밀어 내 습한 마음 한구석 쓰다듬겠다. 시인은 '나'로부터 시작한 마음 뿌리가 그대를 쉽사리 접게 하지 않으려 우선 자신을 접으려 한다. 흔한 말로 '이타심' 같은 게 아니다. 남을 위하는 일은 좀처럼 쉽지 않다. '위爲'가 주는 '윤리적 규범'이 강하게 내포되어 있는 듯한 말이어서 그렇다. 따라서 쉽게 남을 위한 실천을 했더라도 남는 것은 대부분 의무에서 비롯한 자족감이다. 그것은 일종의 공동체 유지를 위한 사회윤리적 기제로만 놓인다. 시인은 그런 메마른 관계학을 말하지 않는다. 당신 마음을 애써 열어 보려 하지 않으면서 자신의 쓰디쓴 마음 구석 흔쾌히 내보이는 일이다. 아픈 사람이 자신의 환부를 숨기려 하면서 시간이 지나 병이 지나가면 마치 처음부터 그 병을 앓았던 게 아니라고 스스로를 위무하는 경우 다른 이의 아픔과 상처는 굴절되어 보이기 마련이다. 아팠기 때문에 아픔을 멀리하는 이들이 있기에 우리는 얼마만큼 아픔의 촉수를 무디게 할 수 있을까. 만지면 쓰라린 그 아픔들을 언제까지 쓰다듬을 수 있을까. 마음이 뜻대로 흐르지 않고 이리저리 갈피를 잡지 못하면서 심란의 복판에 맴을 돌 때에 비로소 건네는 손이 있다. 내가 여태 잡아 주지 못했던 손이 여러 번 접혀 그윽해진 살결로 나를 덮어 주는 것이다.

노을처럼

사위어 가는 당신 가슴에 얼굴을 묻는다
그러쥔 옷섶에서 구름의 멍울들이 잡히고
눈 뜨면 그 속에 가득한 별들

하늘 하나를 통째로 품고 사는 사람이 있었다

몸속 먹구름이 어느 기억을 지나고 있는지

내 눈동자 속으로 뚝뚝 떨어지던 별

입술로 미끄러져 내린 당신 별은

밤새도록 짜다

—「배웅」 부분

그대와 나 사이를 흐르는 것이 무언지 추측할수록 묘연한 것이 감정이 거느리는 한계다. 그래서 우리는 추측 너머에서 웅크리고 있는 상상을 불러온다. 상상 또한 생각의 일종이다. 상상은 구체적이고 현실적인 상태에서부터 발을 딛고 멀리 떠다닌다. 하지만 눈에 보이지 않는 가느다란 실이 현실과 상상 사이를 붙들어 매고 있다. 마치 물속에 넣으면 투명해서 거의 보이지 않는 낚싯줄처럼, 하지만 당겨 꺼내 놓으면 시신경으로 반사되어 돌아오는 끈처럼 생각은 그렇게 숨다 들이닥친다. 그게 혈육이라면 두말해서 무엇하랴. "노을처럼//사위어 가는 당신 가슴에 얼굴을 묻"으면 밀려오는 감정과 상념들을 떠올려 보자. "하늘 하나를 통째로 품고 사는 사람이 있었다"고 썼지만, 모든 생각과 상상을 불러와도 차지 않을 만큼의 꽉 찬 심사여서 살짝 건드리면 바닥을 흥건히 적셔 버리는 울음 방울들이 촘촘히 그대와 나 사이에 맺혀 있는 것이다. 그것은 "하늘 하나를 통째로 품고 사는 사람"을 곁에 둔 사내의 머리를 사로잡은 끈적끈적한 물질성이자, 도저히 묵과하거나 거부할 수 없는 세계 속으로 흘러 들어온 인연의 바다다. 차마 떠나보내고 싶지 않은 이를 안아 보며 등을 바라보는 일은 세계 하나 몸속에서 떼 놓는 일만큼이나 물컹한 것들이 죄다 빠져나가는 것과 같다. 한 아름만큼밖에는 되지 않는 존재 안에 펼쳐져 있는 그 세계에는 하늘과 먹구름과 소낙비와 별들이 무리 지어 언제라도 쏟아져 내릴 것만 같다.

존재와 존재가 겹치고 접히면서 바라보게 되는 장엄한 우주 속 사금파리 같은 별들의 길에 마음을 내맡기면, 하루하루 덧없는 것처럼 보이는 사소한 느낌들조차 함부로 재단하기 힘든 법이다. 권상진은 미처 여백에 얹히지 못할 말들조차, 그 언어적 행보를 가능하게 한 생활세계의 중요성을 잊지 않는다. 그는 현실을 이룩하는 것이 사고의 역사가 아니라 오히려 살아 파닥거리는 인간 생명의 끈질긴 노동임을 잘 알고 있다. 노동으로부터 창조되는 문화에는 인간 스스로 돌아보게 하면서 반성의식을 풍부하게 하는 정신성도 가득 차 있다. 이러한 정신성은 사람과 사물, 존재와 타자 등에 대한 깊은 의식을 바탕으로 해서 태어나는 숭고한 감정을 배태한다. 그것은 언어와 존재의 관계가 어떠한지, 또한 자기의식이 어떤 과정을 거쳐 시적 세계와 비전을 낳는지 보여 준다. 그래서 시를 창작하는 행위는 고도의 자기반성과 의식 없이 수반되기 어렵다. 왜냐하면 시가 시인의 자기의식의 생성부터 마침내 창조하게 된 새로운 세계까지 샅샅이 살핀 눈동자를 간직하고 있기 때문이다. 시는 그러한 배경에서 별을 띄우는 고독한 실천이자 탄식이다.

> 나는 하루의 문장을 그러모아 행간을 적는 사람
> 카페모카를 앞에 두고 첫 줄을 기다린다
> 내가 몰입이라 부르던 행간들은 모두 휘발성
>
> 저녁의 뒷골목에서 실패한 홍정들을 생각한다
> 쓰는 순간 온기가 사라져 버리는 별먼지 같은 단어들
> 모카는 캄캄하게 식어 가는데
> 아직 읽을 수 없는 나라는 문장
> 오늘은 절실하지 않았거나 아직 버틸 만하거나
>
> 저녁 한 줄이 아프다

—「행간」 부분

인용되지 않은 위 시 전반부에서 언급한 아버지의 "한 편으로 완성되던 하루의 서사"와 대비된 시인의 '하

루의 서사' 메모 격의 진술이다. 시를 만들고 쓰게 하는 가장 주된 동기가 무엇일까 생각하게 한다. 시인은 자신을 일러 "하루의 문장을 그러모아 행간을 적는 사람"이라 했다. 그리고 "쓰는 순간 온기가 사라져 버리는 별먼지 같은 단어들"이라고도 했다. 이런 아이러니가 발생한 까닭에는 시인이 진단한 "오늘은 절실하지 않았거나 아직 버틸 만하거나" 했던 사실이 놓여 있다. 그래서 "저녁 한 줄이 아"팠던 것이다. 창작에 대한 반성을 보여 주는 시 형식으로 이루어졌다. '행간'을 채우지 못했거나, 채웠어도 퍼석거리며 쓸모없었을 자모子母들의 기입만이 가득했을 때 느꼈을 허망함을 엿볼 수 있다. 이 아픈 문장이며, 문장을 이루었대도 절실함 없이 시를 쓰지는 않았는지 되돌아보는 시인의 표정을 가로지르면서 긋고 가는 그늘을 생각하지 않을 수 없다. 시인은 밀물처럼 자신을 적시곤 했던 세계가 가끔 한데 멀찌감치 저를 떼놓고서는 딴청을 부리는 듯한 풍경에 놀라 소스라친다. 그러니까 시란 무엇이어야 하는지 골몰할 때 다가오는 날것들의 표정에는 조롱과 멸시, 그리고 온통 시퍼렇게 치켜뜬 사물들의 눈빛들로 가득 차서 행간을 기웃거리는 자신조차 우스꽝스럽기만 하다. 그런 저녁이면 통증보다도 공허가 먼저 찾아올 것이다. 하루가 지나가는 톱니바퀴에 끼어 게으르지 않게 보낸 일상에서도 행간을 가득 채울 숱한 서사들이 보란 듯이 오갔지만, 꽁꽁 얼어붙어 버린 것만 같은 손가락에는 익숙했던 글자들만 아른거린다. 그런 풍경 속에 시인은 혼몽처럼 몸을 휑하니 뚫고 지나가는 시린 바람을 본다.

어젯밤 당신이 놓고 간 말

종일 탁자 위에 엎혀 있네

아직은 나의 것이 아니고

더는 당신 것도 아니어서

덩그러니

—「그 말」 전문

이리저리 흩날리는 말들을 생각한다. 받는 말과 주는 말이 있다. 느닷없이 무책임하게 떠밀 듯 던져 놓고서는 가 버리는 말도 있다. 생각 끝에 툭, 던졌지만 지나고 보면 속알 없는 빈말들도 있다. 시인은 아무 말이나 줍는 사람은 아니다. 그 기준은 시인마다 다르다. 시가 되는 말이 따로 있는 건 아니라는 사실은 요즘에는 상식이 되어 버렸다. 시인의 의식에서 오랫동안 맴도는 말들이 있다. 그것은 단지 '말'이기도 하고, '말'이 일으킨 파문일 수도 있다. 말 자체가 파문을 일으킨다. 그러므로 말은 파문을 만들어낸 최초의 발화점이자 진원지여서 말이 빚어낸 시공간의 빛깔조차 그 씨앗인 말의 중량에 비길 데 못된다. 시인 앞에 "덩그러니" 놓인 말은 시인의 머릿속을 헤집으며 희롱한다. 그것은 쓸어 담지도, 그렇다고 내버려 두기에도 맞지 않는 하나의 '존재'다. 시인은 그 존재의 실마리를 찾으려 심연으로 들어가는 자이기도 하다. 그 존재로 하여금 관계를 맺고, 관계의 마디마다 끝없이 이어지는 생生의 강줄기를 매만지면서 우리는 어스름해진다. 어스름해지며 닮아 가는 문장들처럼 시인은 '말의 생로병사'가 어떤 자세로 이지러지는지 지켜보는 것이다.

서재에 들어섰을 때
죽음은 벌써 그의 결말을 읽고 있었다
나란히 앉은 죽음과 나는 맥없는 팔을
가끔 만지고 또 지켜보았다
가만히 숨을 고르던 여린 소리가
못갖춘마디로 말끝을 흐린다
흠칫 놀라 떨리는 입술에 귀를 대 보던 죽음은

공중에 떠돌던 마지막 말이
바다에 내려앉기를 기다렸다가
사방에 흩어져 있는 침묵을 당겨 와
적요한 얼굴을 덮어 주었다
한때 그를 나눠 읽던 이들이 충혈된 눈으로
함께 머물던 페이지를 뒤적이며
국화꽃 책갈피를 꽂아 놓는다
죽음이 한생을 모두 읽는 데
꼬박 칠십사 년이 걸렸다
그 길었던 서사의 마지막 장을 덮는 날
장편 한 권이 서가 귀퉁이에 가지런히 꽂힌다

—「장편」 전문

일생을 장편으로 비유한 시다. 그러나 단지 '비유한'이라는 낱말로는 어딘가 석연치 않음을 느낀다. 한 사람의 삶에는 한갓 소설 따위와는 비교도 못 할 역사와 철학적인 물음들로 가득 차 있다. 그러니까 시인이 '장편'이라는 말로 형용한 단어는 비유를 넘어선 상징으로 읽어야 한다. 죽음은 지금 여기의 시공간에서 '너무나도' 멀리 떨어진 상태기에 우리는 단지 그 상태의 지시어인 '죽음'이라는 단어만을 떠올리며 추측할 뿐이다. 그곳의 영역을 짐작조차도 할 수 있을까. 그것은 미지요 신비

이며 상상 속에서만 조금이라도 가늠할 수 있는 또 다른 세계이다. 하지만 우리는 죽음을 떠올리면서야 비로소 삶이 주는 의미를 캐낼 수가 있다. "죽음은 벌써 그의 결말을 읽고 있었다"는 메마른 진술조차 그 안에는 죽음에 다다를 수밖에 없는 존재의 필연과, 죽음에 맞닿았을 때 끝내 숨기지 않을 도리가 없는 전 생애의, 남김이 없는 낱장들의 부호들이 명백해지리라는 인식을 감추고 있다. 한 사람의 생애가 완성되는 날은 바로 죽음을 맞이하는 순간이다. 그 검은 사신이 자신의 손목을 쥐는 때 그는 비로소 세상에 '펼쳐지면서 밝혀진다.' "서가 귀퉁이에 가지런히 꽂"히듯 우리 삶도 필요할 때 꺼내 읽을 수 있는 '장르별' 목록에 안착하는 것이다. 시인은 죽음을 말하면서 삶의 방법론을 되새긴다. 하지만 삶의 방법이나 태도보다도 더욱 근원적인 영역을 눈여겨보고 싶어 한다. 권상진 시인의 시도 그렇다. 그의 시는 사람과 말의 표면에서 어른거리는 아지랑이 같은 사태들의 문을 열고 기꺼이 바라다보고자 한다. 이 행위는 윤리나 이념의 자장磁場 밖에서 이루어지는 순정한 실천이다. 차라리 생명의 가장자리에서 복판으로 뛰어들려는 장엄한 의식이라고까지 말할 수 있다. 그런데, 그 의식은 딱딱하거나 형식적이지 않고 부드럽고 내향적이다. 안으로 제 몸과 마음을 접으려는 것이 아니라 그대를 향해 섬세하게 기울어지려는 방식이다. 느닷없이 눈을 부시게 하는 형광등이 아니라 구석진 자리 은은하게 덥히는 백열등의 누런빛처럼 천천히 스며들고자 한다. 모든 세상이 뉘엿 넘어질 때를 기다려 대낮에 활보했던 말들의 이삭을 줍는 자, 저녁 모서리에 걸터앉아 눈동자를 조금씩 적시는 저 청록의 하늘을 두 팔로 끌어안으며 기도하는 자, 고난과 절망과 상처투성이들이 울렁거리며 물결처럼 지날 때면 문득 자신의 마음을 온통 내맡겨 버려 적시게 하고 싶은 자이다. 그런 시인의 시를 읽었다.

노을 쪽에서 온 사람

2023년 4월 13일 1판 1쇄 펴냄

지은이 권상진
펴낸이 김성규
편집 김안녕 한도연 정은진
디자인 신아영
펴낸곳 걷는사람
주소 서울 마포구 월드컵로16길 51 서교자이빌 304호
전화 02 323 2602
팩스 02 323 2603
등록 2016년 11월 18일 제25100-2016-000083호

ISBN 979-11-92333-73-1 04810
ISBN 979-11-89128-01-2 (세트)

* 이 도서는 2021년도 아르코 문학창작기금 지원사업에 선정되어 발간되었습니다.